사랑하고 선량하게 잦아드네

유수연 시집

문학동네시인선 224 유수연

사랑하고 선량하게 잦아드네

시인의 말

  시는 어렵고 이해할 수 없다는 너에게 꽃을 이해하려고 하니 되물었지 그런데도 나는 시집을 펼쳐놓고 오래 설명해주었어 네 얼굴의 홍조를 사랑으로 이해하고 싶었으니까

  마침내 피고 지는 게 행복이란 걸 알지만 무엇이 우리에게서 피고 졌는지는 굳이 설명하지 않을게 그때 떨군 것들을 함께 주우러 갈 수는 없으니까

  아직도 나는 사랑을 모르고 착하지도 않아

2024년 가을
유수연

밤하늘에도 구름은 있더라 흐르고 있더라

차례

했지

시간이 없다고 말한 너와 겨우 만났지만 날
싫어하는 것 같고 헤어진 후에 가슴 가득 노을
이 차는 것 같을 때   040

정도만 상상해 그런 것일까 그렇다면 왜

1부

네가 웃으니 내 세상이 위로가 돼

정중하게 외롭게

외로움은 혼자 하기도 하고
둘이 각자의 외로움으로 슬퍼하기도 한다

설득하려 할수록 비참해진다

바닥까지 내려가보면
자신의 바닥을 알게 되면

발돋움해 나올 수 있을 줄 알았다

바닥을 알고, 내 한계를 알고
그곳을 박차고 나왔더니 다른 바닥이 있다

산다는 게 슬픔을 갱신하는 일 같을 때

하필 꽃잎도 다 떨어진 봄날
떨어진 건 다시 되돌아가 붙지 않았다

깨진 엄지손톱이 자라지 않았고
연약한 건 딱딱한 것에 숨어 있었다

마음이 없는 것처럼 살면 뺏기지 않을 줄 알았어

간을 두고 왔단 토끼의 변명처럼
두 눈이 빨갛게 눈물을 흘리면

감싸진 것을, 그것만 낚아채 가져갔다

그물은 물을 버려두고 물고기를 끌어올리지

내 마음도 통과되는 줄 알았는데
여과하고 남아버린 게 있구나

계속 놓치지 않으려고, 계속 놓지 않으려다
내 사랑은 죄다 아가미가 찢겨 있구나

형 물이잖아

사주를 봐준다는 말이 좋다 내 미래를 예비해주는 것 같다 내 미래를 걱정해주는 말씨도 좋다

태어난 날 미래가 정해진다는 건 미신 같지만 설명이 가능하지 않아도 느껴지는 이해를 진심이라고 부른다

나는 금이니 자기랑 잘 맞을 거라던 너는 이제 없지만

네가 내 생일을 알아내기 위해 사주를 봐주겠다고 한 걸 나중에 알았을 때 내가 태어난 게 처음으로 좋았다

습작

꿈에서 보았다는 말은 진부하지만 꿈에서밖에 볼 수 없다
는 것은 진부하지 않다 특별하지 않지만 사소하지도 않은
것은 잊혀질 수 없다 팔목에 꽂았던 링거 바늘 자국이, 몸에
박힌 연필심이 오래 머무는 것처럼 나도 몰랐던 내 몸의 어
느 점과 같이, 당신이 말해주기 전까지 모를 그런 흔적으로
꿈은 계속 남아 있고 꿈을 앓다 내가 남아나지 않는다 그러
나 꿈은 꿈이고 베개는 베개이고 이 슬픔이 슬픔이 아닐 수
있다는 건 지난 내 시의 흔적이다 '우리 사랑을 내버려둔 채
사랑하도록 해요'라는 유서를 쓰고 그런 유서만 아니라면
죽을 수도 있을 것만 같은, 그런 유서를 쓰고만 산다 내게서
더는 다정한 마음을 찾지 말아달라고 고장난 바람이 날개
끝을 겁게 물들이는 동안 여름은 가지 않고 새들이 계속 구
름을 끌고 창 끝으로 사라졌다 닫을 수밖에 없는 이야기를
적는 동안 당신은 나의 가장 아름다운 기도가 되고 문득 오
늘의 슬픔이 어느 날의 기적이 될 수 있기를 그러나 베개가
많이 젖었네, 많이 울었어? 아니, 아 그러면 젖은 머리로 잤
구나 오늘은 말리고 자, 말해주던 너는 꿈에도 오지 않는다
눈을 뜨면 아무도 없는 건 모든 삶이 꿈에서 쫓겨난 탓으로
둔다 아무도 없지만 너는 종종 내 옆에 눕고 나는 계속 어떤
문장을 너처럼 안고 잠든다

우리의 허무는 능금

버리긴 아까워 예쁘다 보는 게 있다

동산에 능금이 가득하다
능금은 옛 한국 사과다

이것을 알게 된 이유가 내겐 여름처럼 소중하다

상한 걸 도려내 건네던 때가
사람마다 한철씩 있다

내가 도려낼 상처인 걸 모를 뿐

그때 뭐라 뭐라 말하고
너는 하기 힘들다 했다

살아가는 게?
사랑하는 게?

답은 같아도 재차 물을 수밖에 없었다

그건 알아도 도리 없는 일이다
그게 시큼한 맛이라도

바람은 계속 능금을 키운다

맛없는 걸 알아도
일단 한입 베어 물고 뱉었다

사랑도 삶도 맛만 보며 살 순 없을까

가로수

가로수는 서 있으니 세로수가 아니냐고 말하면 어쩌지 싶은 마음이 들지만 누구냐에 따라 미소를 짓게 되기도 한다 도로에 띄엄띄엄 수놓일 가로수들이 뿌리가 감싸인 채 나란히 누워 있다 땅을 파고 하나씩 세워질 예정이다 그런 나무들에게 좀더 누워 있어, 평생 서 있을 거니까 말하는 너의 말에 어쩌지 싶다가도 다정하기도 했다 풍경이란 단어를 풍덩으로 읽은 날은 예상치 못하게 냇가에 발이 빠진 촉감이었다 여름에 내놓은 양말인 양 마른 후의 뽀송함이었다 너는 헤엄치기를 좋아했다 지켜보라며 숨을 참고 수영장의 레인을 끝까지 헤엄쳐갔다 거의 죽을 뻔했다는 말이 겨우 죽지 못했단 말처럼 들릴 때 나도 물속에 있었지만 나는 따라 하지 못했다 네가 고개를 박고 멀리 사라지고 있다 네가 가라앉는지 아닌지 계속 보면서 수경을 쓰고 물에 들어간다 멀리 계속 서 있으려 물을 차는 흰 다리를 본다

수석

하다 하다 돌까지 사랑하려 한다
내가 살아온 시간보다 오래 사랑받아온 돌도 많다

사랑하지 않을 때까지 사랑해보면
사랑 못할 게 없으니까

돌에 사랑을 주는 게 아니라
돌에 마음을 닦는 것이라 했다

형상을 찾는 게 아니라
형상이 찾아오는 것이라 했다

찾아오면 모시면 된다
곁을 내어주지 않을 때까지

돌에 하는 사랑을 둘이 못할 것 없었다

종 다양성 슬픔 무성히

골고루 심으면 타지 않는다

다양성은 사람에게만 중요한 게 아니다

수많은 것이 수많이 피고 지게
튼튼한 땅이 될 수 있게

방법은 무심함이라는데
무심할 수가 있을까요

제 마음은 들판이 아닌걸요

세월이 빛나 슬프기도 하지만
세월로 시든 것에 울컥하기도 한다

마치 불이 아니고
물이 휩쓸고 간 강변처럼

무성히 누워 있다
물결을 알려주듯

쓸려가지 않은 것도
꽤나 대견하다

내 마음은 재배중
같은 슬픔만 계속 키워내는 중

단숨에 타오르고 싶나
작은 군불을 기다리나

반짝이면 다 사랑인 줄 알았다

슬픔이 익을 동안 나눠 잊을까요

슬픔이 바나나보다 빨리 익는다

두면 먹겠다 싶었는데 한 개는 끝내 검게 변했다
생긴 건 저래도 맛은 있단 걸 잘 알지만

보기 좋은 슬픔이 울기도 좋은 걸 누가 모르나

손도 대기 싫어지고
한 겹 까기 전에 으깨진다

이거 갈아 먹으면 맛있어
믹서에 집어넣고 꿀을 한 바퀴 돌린다

같은 거라도 다르게 만드는 재주가 있구나
다르게 만드는 재주로 슬픔도 요리할 수 있겠니

컵에는 삼키기 힘들게
걸쭉해진 것이 담기고

먹는 건 나의 일
먹고사는 게 중요하지만

잘 먹고 그다음 잘 살고가 여태 어렵다

갈고 으깨고 때론 무언가 한 바퀴 돌려 뿌리면
못 살고 못 먹을 슬픔도 없지 않을까

상하는 게 아니라 익어가는 거라고
사람은 그런 거라고 말하는 너의 얼굴에

톡, 톡 검버섯 많아지는 걸 보며

당신이 두고 잊은 세월을 내가 반만 나눠 익고 싶었다

걱정

오렌지 한 알도
한 시간 들고 있지 못한다

그런 법인데

너는 꽤 오래
내 마음을 들고 있었다

힘든 일은
후에 근육으로 남고

고심한 너는
턱이 커졌다 울상이다

그 주사를 맞으면

근육이 움직이지 못한대
움직이지 못하니 줄어든대

쓸모없다 여기니 질긴 게 연해진다
더 지킬 필요 없으니까

힘을 들이지 않아도

약점을 찾아 찌르면

세상에 안 벗겨질 건 없었다

소중한 곳은 부드럽고

과육을 입에 넣어주며
웃는 너의 눈가에

모처럼 마음이 벗어둔 물결이 있다

스스로

누군가를 사랑하고 있는 모습을
누군가의 입장에서 보는 건 행복하다

겨우 꽃망울을 터뜨린
새벽의 은방울꽃을 몰래 본 기쁨처럼

온몸을 흔들며 깨어나는
기지개 같은 근육이 신기해 쳐다본다

이게 너의 빛이구나

반딧불이도 가까이서 보면 곤충의 징그러움이 있고

축제에서 파는 번데기의 얼굴을 보는 것보단
빠르게 먹어치우는 게 나은 것처럼

맛과 멋도 눈 질끈 감으면 그게 그거지 뭐

도깨비불이란 것도
혼을 그리워한 누군가의 눈빛이 닿은 착각이고
칠흑 같은 어둠도 눈감았다 뜨면, 보이는 게 있는 것이지

그러면 이 무덤이 더는 무섭진 않을 거야

이야기 없는 삶이 없듯 사연 없는 봉분은 사라지기 마련
이거든

여기에 눕자

별은 그 자리에
늘 많은 거지

네가 있는 곳이 밝으면 별을 볼 수 없을 뿐이야
별이 보이지 않을 땐 내가 너무 밝은 탓이구나

믿어보면 어떨까

그럼 별도 그런 생각을 할까요
저기가 너무 밝은 걸 보니

난 사실 어두운 게 아닐까?

이런, 목성 같은 침묵이구나
조금은 덮고 잘 만한 것일지 모르겠구나

누군가는 빛을 내고 누군가는 빚을 받고 누군가는
누군가의 누군가가 되고 싶어 그 주위를 돈다

그 입장이 되어보기 전까지는
죽어도 알 수 없는 거야

죽어도 알 수 없지
죽어본 적 있는 별만 이리 밝은 일을 하잖아

우리는 시간을 사랑으로 바꾸며 살았고 누가 먼저였을까 사랑과 바꾸긴 아깝다 생각한 사람은

헤어지는 게 어려워 친구에게 상담을 받으러 갔다 오래 사귀었는데 마음이 떠난 것 같은데 어떻게 헤어져야 잘 헤어지는 건지 모르겠어 막상 그 말을 꺼내기 전에 다시 사이가 따뜻해진 것도 같아 아니 따뜻해진 게 아니라 미지근해진 것 같기도 해 여름보다 봄이 더 사랑받는다지만 어떻게 잘 헤어질 수 있을지 모르겠어 친구는 이야기를 다 듣기도 전에 당연하다는 듯 괜찮은 헤어짐은 없다고 했다 어떤 시간도, 머물지 않은 관계도 끊어내는 건 힘든 일이라고 혹시 너는 나쁜 사람이 되는 것이 무서운 건 아니냐고 그런 건 아니야 그저 남이 되는 게 아쉬운 걸까 아니면 살아 있는 사람을 장례 치르듯 다시 보지 못하게 되는 게 무서운 걸까 그런 생각을 하기 전에 헤어지는 게 어떠니 친구는 한심하다는 듯 나를 보았다 오랜만에 보는 표정이었다 사랑이 무엇인지 모르겠다고 울적해하는 너에게 지었던 내 표정이 그랬다 사랑을 이야기하는 것과 이별을 이야기하는 동안 사람의 배움은 짧아진다 배울수록 미숙한 것은 괜찮은데 미천해지는 건 어떻게 참아야 할까 친구는 가고 나는 남아 곰곰이 생각해보았다 무엇이 문제였을까 마음은 왜 떠나는 걸까 아무리 생각해도 좋았던 기억이 떠오르지 않는 건 무엇 때문일까 그런데 내가 계속 너처럼 느끼고 너는 계속 남처럼 구는 이유를 모르겠다 종이가 빡빡할수록 접으면 선이 선명하게 남고 깔끔하게 찢어낼 수 있는데 우리 둘은 재생지처럼 자를 대고 찢어도 계속 뭔가 더 뜯겨져나갈 것만 같다

밸런스

세상에 두 가지 사람이 있다고 했잖아요 나는 그 말을 들었을 때 이해하지 못했어요 세상에는 팔십억 명의 사람이 있는데 왜 두 가지일까 팔십억 가지의 사람이 있어야 하지 않을까요 이 말은 하지 않았어요 나는 늘 당신의 말을 한 귀로 듣고 혼자 생각하는 걸 좋아하니까요 당신에게 질문하거나 당신의 말을 이어가 대화로 만들고 싶지 않았어요 홀로 생각합니다 당신이 돌아갈 때 팔십억 개의 식탁과 그 위에 올라갈 음식을 생각합니다 갈비찜이나 조개찜처럼 따뜻한 김이 모락모락 피어나는 것을 먹고 싶은 날이에요 국물이 남으면 밥을 비벼 먹거나 아니면 면 사리를 추가해 먹고 싶은 날이에요 그런 음식들은 모두 이 인분 이상 주문해야 한다고 하는데 세상에는 사람을 둘씩 짝지어야 가능한 것이 많네요 나는 믿지 않기로 했어요 둘이건 셋이건 잠은 혼자 잔다는 것을 아니까요 한 가지의 방식으로 나는 살아가요 한 가지의 죽음을 알지 못한다는 듯이 당신은 나에게 묻습니다 외롭지 않으냐고 나는 당신에게 답하지 않습니다 그저 너무 많은 생각을 하고 있을 뿐인데 당신은 가만히 있는 내 얼굴에서 두번째 연인을 보았다고 말합니다 침묵은 한 가지 표정으로 굳어가는 것일까요 다양한 표정으로 풀려가는 것일까요 너무 많은 말을 참고 있을 때 나는 내가 시끄러워 견디기 힘들었는데도 당신은 보았다고 말합니다 세상에 딱 너와 나 단둘이 떨어질 어떤 섬에 대해서, 어쩔 수 없이 우리가 낳아야 할 아이들에 대해서, 세상의 멸망에 대해서 당신은 내게 묻지 않고도 너무나 쉽게 나와 너를 우리와 우리들로 만들어버렸습니다 이 고요가 답이 될 수는 없을까요 어쩌면 당신은 꼭 그런 사람만은 아니었나봅니다

사랑은 잊히고 근육은 남는다

급 사랑하는 사람이 생겨 급 마음이 아팠다 이건 가짜 마음이란 걸 알아 운동을 하러 갔다 사랑해주는 사람보단 사랑하는 사람이 나를 사랑했으면 좋겠다 그런데 내가 사랑하지 않을 땐 사랑해주더니 나를 사랑하지 않는다고 하니 내가 사랑하게 되었다 로봇 개도 쓰다듬는 기능을 넣는다 사람이 사랑할 수 없는 건 없고 사랑하고자 하면 다 사랑할 수 있는데 왜 나는 사랑받지 못하는 걸까 급 욕심이 들어 운동을 하러 갔다 하나둘 하나둘 바벨을 들었다가 내려놓고 바벨을 들었다가 내려놓고 사랑도 들어보고 슬픔도 들어보고 사람 마음이 제일 어렵네 잠시 놓쳐도 보았다 쉬지 않고 들면 가벼운 것도 다시 들기 어렵고 충분한 휴식 후엔 더 많은 바벨을 들 수 있다 그럼 이 마음도 잠시 쉬어볼까 이 사람도 나중에 들 수 있을 거야 거울을 보며 잔뜩 찡그린 인상을 지어보고 거울을 보며 나랑 닮기도 했네 떠올리고 내려놓은 바벨을 다시 하나둘 하나둘 들어본다 보기보다 무겁지 않은 사랑도 많고 사랑보다 무거운 것도 많지만 들어보기 전까진 알 수 없는 것이다 사랑도 인지의 영역이니까 곰도 사람의 뒤로 덩치 큰 무언가가 있을까 두려워 두 발로 선다고 아마 나의 사랑도 혼자 서 있는 넓은 종이의 공포가 아닐까 그런 백지장을 맞들어줄 이가 없어 하나둘 하나둘 힘을 기르고 있나

선선한 슬픔

나무를 세고 싶은 마음이 들지 않을 때 숲이라고 부를까
혼자 있고 싶을 땐 언덕이 되어볼까 기대고 싶으면 바람을
부를까

흔들리는 건 지탱해주고 있다는 거잖아
버틸 수 있는 건 숨겨진 뿌리가 있기 때문이니까

오래 서 있는 그림자야
오래 버틴 뿌리가 그리워한 어둠아

달라붙을 몸을 내어줄 수 있겠니

여름만 울다 갈게

소양강 소로우

　시간이 많이 흘렀습니다 너무나 긴 시간이었지만 당신과
함께한 모든 순간이 좋아 그렇게 빨랐나봅니다 유수와 같다
고 하나요 한자를 풀어보면 흐르는 물이라는 뜻입니다 모든
게 흐르는 물처럼 지나가기도 하고 흐르는 물처럼 잡을 수
없기도 합니다 떠내려간다는 것과 배를 타고 간다는 것도
어쩌면 다르지 않은 의미입니다 목적지가 없으면 휩쓸리는
것이고 목적지가 있으면 헤엄치는 것이겠지요 우리는 어떤
가요 그 강을 바라보며 얘기했던 것 있잖아요 춘천역에 도
착하기 전에 잠시 소양강을 보았지요 우리는 떠내려가는 중
이었습니까 우리는 헤엄치는 중이었습니까 아니면 서로를
떠나는 중이었습니까 답장은 하지 않으셔도 돼요 당신이 답
하지 않은 말을 내가 지어내느라 이만치 와버렸으니 말이에
요 슬픔에 대해서 생각합니다 춘천이라는 도시가 낭만의 도
시이기 때문만은 아니에요 우리는 대통령이 먹었다는 막국
수를 먹었고 빨갛게 머리를 물들인 사장님이 만든 닭갈비를
먹었지요 이게 낭만입니까 아니면 무엇일까요 슬픔도 낭만
도 케이블카를 타고 정상으로 올라가는 것만 같았습니다 해
가 서산으로 기우는 때 바닥이 투명한 케이블카 안에서 사
랑은 할 수 없었지요 사랑에 대해선 말하지 않겠습니다 나
말고도 말해줄 사람은 많을 겁니다 이 어려운 문제를 해결
할 수 있습니까 문제를 해결하려 고민을 시작하면 문제가
됩니다 삶처럼 방치하면 그건 문제가 아니라 상황이 되는
것이니까요 그때 그 강을 바라보면서 했던 얘기가 그렇지요

우리는 우리를 방류하기로 한 것이지요 그래서 내가 거기
에 홀로 있고 당신은 서울로 올라갔습니다 나도 다음 열차
로 올라갔습니다 좌석은 매진되어 전철을 타고 갔습니다 사
람들 사이에 껴서 답답하게 올라가니 슬픔보다 더위가 나를
지배했습니다 사람은 가까이 있는 것에 먼저 반응합니다 땀
흘려 이룬 모든 일이 허사가 되어가고 있습니다 그중에 사
랑이 먼저 흘러가버렸네요 흐름의 시작을 찾을 수 없는 유
수와 같은 시절이었습니다

우리는 우리의 사랑을 남에게 빌지 않기로 했지

어제는 해변에서 모래성을 쌓았고 이제는 무너지지 않을 우리의 성문으로 나는 깃발을 들고 너는 북을 치며 간다 승패 없는 긴 전쟁을 향해 누구나 다 하는 사랑을 수통에 채우고 손을 마주잡는 사람, 홀로 춤을 추는 사람과 같이, 지옥으로 예쁜 악마들과 함께 빗물에 검게 물든 흰 양말을 끌어당기며 발 뒤축이 쓸려서 나온 피처럼 물들자 물들자 자목련이 수놓인 나의 이불을 향해서 우리는 길 위에서 가능하다 아니야 아니야 왜 우리는 막혀 있는 거야 우리는 가능한 거니? 아니, 우리는 우리의 쓰임을 남에게 맡기지 않기로 했지 나는 깃발을 들고 너는 내 등을 하염없이 치고 창밖으로 손을 흔들어주는 사람과 양팔을 벌리고 있는 저 사람 저것은 인사일까요? 거미도 거미줄에 걸리는 거 아세요? 우리가 만든 드림캐처에 천사는 오래 걸려 있으라고 해 너는 울적해했지만 우리가 사라진다고 세상이 사라지는 것도 아니라고 네가 한동안 자둣빛 하늘을 바라보며 많은 사람 속에서 내게 알려준 것이 있었지 왼쪽으로 흐르는 눈물과 오른쪽으로 흐르는 눈물의 차이를, 슬플 때와 기쁠 때 흐르는 눈물의 차이를, 거울을 보며 이쪽이 왼쪽인가 왼손을 들어 확인한다는 너를 보면서 기쁨의 방향으로, 예쁜 눈동자와 함께 개들도 서로의 상처를 핥아주며 사랑을 하고 우리도 서로의 손을 잡고 물집과 물집을 헐어내며 우리의 성으로 돛을 펴고 간다 나의 배에서 목수들이 우리를 부부처럼 조각한 목각인형을 선물로 주고 먼훗날 우리의 친구들이 그 앞

에서 기도할 수 있기를 다시 만난 세계에서 노래를 부른다
나는 깃발을 들고, 나는 깃발을 들고, 계속 가는데 너는 내
어깨에 손을 얹고 너는 잠깐 조용하다

시간이 없다고 말한 너와 겨우 만났지만 날 싫어하는 것 같고 헤어진 후에 가슴 가득 노을이 차는 것 같을 때

언제 헤어져야 할지 얘기했던 거 기억하지? 나 이제 알게 됐어 역시 사람은 작아질 때 떠나야 하나봐 점차 협소해질 때 떠나야 하나봐

머리를 말리고 있었는데 젖은 나를 보면서 너는 항상 자기 생각만 한다고 했어 아무것도 입고 있지 않았는데 다 벗은 상태인데 더 벗은 것만 같았어

크게 숨을 들이쉬고 내쉬는데 오카리나 같은 숨소리가 났어 이건 분명 분노가 맞을 거야 주먹 쥔 손에 힘이 들어갔는데 처음으로 사람의 눈두덩이를 후려치고 싶었지

비참하다는 말을 자주 썼는데 비참한 것 이상으로 내가 작았어 싫어하는 새끼 목에 삐쭉 튀어나온 수염만큼이나 내가 쓸모없고 역겨운 것만 같았단 말이야

그때지 그게 내가 헤어질 때란 걸 알아차린 거였어 그런데 그거 알아? 나 아직 안 헤어졌어 어떻게 못 헤어질 수가 있지 아마 내가 너무 작아져서 나를 잃어버린 게 아닐까

함께 불행한 걸 행복이라 하지 않기로 했는데 역시 나의 불행은 걔랑 잘 맞는 거 같더라 내가 우니 같이 벗고 서로 안아버렸지 사람이 따뜻한 게 가장 큰 저주 같았어

2부

느슨히 묶어두었지 잃어도 울지 않으려

행복을 위하여

이럴 땐 먹고 자는 게 다인 것도 같다

발을 헛디뎌
발목까지 다 젖었지만

웃음이 터졌다

터진 음식물 쓰레기봉투처럼
어떤 생명을 조금 더 살게 했다

종각에서는 매년 종을 치고
종을 치기 위해 새해가 오는 것 같다

징검다리 돌마다
물이끼가 끼고

어떤 이는 잘 건너 사라진다

목줄을 한 개가 지나고
캐리어 속 개도 보았다

소중한 건 저렇게 지키는 거였지
잃어버리지 않게 묶어두거나, 모셔두거나

잃지 않으려 잡고 있는 게 많았다
잊어도 되는 것도 세상에 많았다

어제 먹은 음식의 이름처럼

계속 줄을 늘여가며
놓아달라 하는 것은

그만 놓아줘도 괜찮다
놓은 후에야 종이 우는 것처럼

울기 위해 가는 것은
살기 위해 소란을 택한 거니까

행복의 한계

엄마의 엄마는
검은 나비가 되었잖아

엄마는
뭐가 되고 싶어?

무엇으로 내 꿈에 올래?
뭐든 깨지 않게 조심히 와서

깨지지 않게
나를 안아줘

머리맡에 떠다둔
물컵을 피하듯

어떤 꿈은
꿈을 다 돌아 나온 후에야

슬픔을 알아차릴 수 있다

축축한 발자국이
장판에서 서서히 사라지듯

눈 비비면, 없다

잠결엔 다 인연 같지만
소매라도 잡지 못한 건

슬프지만 꿈일 수밖에 없다

나비가 꾸는
슬픈 삶일 수 있다

깨어나고
고요하다

고요로 닦을 수밖에 없는
어느 사실을 매일 마주한다

꿈보다 슬픈 것

나는 나를 살아가야만 한다

희망

금가버리라지

깨진 것도 붙이는데
사람 사이야 뭐 어렵겠어

근데 언니, 안 붙는 건 진짜 안 붙더라

액상 접착제가 제일 잘하는 건
제 입구를 먼저 막아버리는 것

노력은 지난 노력을 뜯어낸 후에 가능했어

근데 언니, 엎지른 것도
사실 거의 담아낼 수 있잖아

금간 대로 사는 것도 나쁘진 않겠지
나쁘게 사는 삶도 있는 거겠지

괜찮다 말해줄래?
나는 깨지진 않는 거잖아

길바닥에 던져져도 다시 일어나긴 하잖아

그게 문제였을까, 언니
멍은 없는데 왜 종일 박살난 마음이니

그 모양 그대로인데
왜 몇 조각 잃은 퍼즐 같니

완벽은 없다지만
언니, 나 괜찮다 말해줄래?

손금도 자주 씻어주면
운명도 붙는 날 있는 거겠지

행복의 태도

어른들이 그때의 일을 추억이라 부르다가
추악했다고 흐느끼다가

행복인지 아닌지 의견을 모아본다

누구는 계속 울고
누구는 울다가 웃기도 했다

그렇다고 치자
그렇다 치면 다 추억이라 할 만했다

기억하는 일도 근육이 필요해서
슬픈 기억은 오래 붙잡고 있기 힘들었다

죽음이 제일 먼저 놓는 건
항문이 아니라 반추하는 근력이니까

언니, 그래도 난 아빠를 용서하지 못하겠어
아빠한텐 맘은 가도 몸은 가지 않더라고

고모의 아픔을 알진 못하지만
폭력에 사랑을 붙였다 떼었다 하는

그 마음은 알 것도 같았다
그게 사랑이었나봐 하면 놓칠 것도 같다

언젠가 나를 사랑하냐고 물은 게
나 때문에 힘드냐고 묻는 것 같았다

제법이요 나도 나를 놓치고 싶을 때가 많았어요

실수인 용기는 있어도
용기가 모두 실수는 아니니까

용기 내서 말했던 건 행복이라 할 만했다

착오 없는 불행

뱀은 어디든 간다

작은 구멍이라도
머리가 들어가면 고개를 들이민다

담 넘어가듯 다 넘어온다
걸리는 게 없으니

거리낌도 없이
거침이 없이

총상처럼 앞이 아닌 뒤를 봐야 한다
회전하며 뚫고 지나간 것은 앞과 뒤가 다르다

든 자리는 몰라도
난 자리가 그렇다

빼내야 할 것과
빼지 말고 막아야 할 것

샘처럼 솟는 걸 온 힘을 다해 막고
마르지 않는 실수처럼

오발은 항상 명중이다

세상이 나를 배신하는 것 같았는데 내가 세상에 맞지 않
은 거란 걸
살쩐 손가락이 문제지 반지 탓을 할 순 없는 것처럼

인연도 구멍이긴 했다

달이 떴다고 손가락으로 가리킨다 해서
모두 같은 곳을 바라보진 않았다

때가 되면 볼 수 있단 걸
너무 보고 싶었을 땐 믿지 못했으므로

잃을 게 없단 사람도
잃을 걸 만들며 살아간다

잃지 않으려 애쓴 모든 날이
노 젓지 않아도 가는 나룻배인 양

갔다

마치 거기로 가야 했다는 듯

헷갈리지도 않았다
숨길 수 없는 건 표정과 불행이라고

내 규모에 맞춰
섣불리 검지 하나로 막을 수 있을 것 같던
내 균열을 재며

머리를 밀어넣는다

그때 이겨내지 못했던 시련이 이름을 바꿔 다시 찾아오
고 있다

나 기억하지?

행복의 함정

힘주어 묶으면 풀기 어렵다

쓰레기봉투를 묶고
넣지 못한 쓰레기를 본다

다시 풀까 고민하다
저건 나중에 버리기로 한다

봉지에 들어가면 쓰레기가 된다
사방에 넣지 않은 내가 많다

부끄럽지 않은 것을
좀더 남기고 싶었다*

* 류이치 사카모토.

행복을 왜 버려야 해요

진심은 진실이길 원한 거짓이잖아요

온통 들키지 않은 것이었어요
들킬 수 없는 곳에 잘 숨겨두었어요

사실의 아래는 괜찮은 거죠?
그럴 수도 있는 거잖아요

끼지 않아 변색이 생긴 은반지를
비벼 닦으며 맹세를 돌이켜보았어요

오래 살아 있길 바란다 말하면서도
정말 오래 사시네 생각한 적 있어요

그 마음은 백금처럼 변하지 않을 거예요

오르면 수명이 오른단 계단을 보며

그 사람이 계속 계단을 오르는 상상도 해요
그 공포가 무거워 내려놓기 힘들었어요

잊은 후에 겨우 잊을 수 있었네요
오르고 또 오른 후에 내려오며

다리가 떨려 잠시 쉬었지만요
마음은 꽤 융통성이 있어요

어제는 힘들었어도 오늘은 걸을 수 있어요

사르르

손에 쥔 건 무조건 씻어 먹는 너구리처럼 손에 쥔 솜사탕이 녹아내리는 걸 보는 너구리처럼 허망함을 지켜보는 입장에선 결과를 아는 헛된 과정을 보는 입장에선 솜사탕이 녹아내리는 건 하하 호호 웃을 수 있는 남의 일이 된다

거리가 멀어질수록 다 훑어볼 수 있다 거리를 둘수록 상관없어질 수 있다 나는 거기에 가지 않았으므로 나는 그곳에 있지 않았으므로

남의 손에서 사르르 사라지는 것을 사라질 게 뻔한 걸 잡고 있던 거라고 감 놔라 배 놔라 할 수 있는 자격이 생긴 양 까짓것 그게 대수입니까 말하게 된다

저마다 삶의 바쁨이 다양하게 있단 걸 쥔 것이 녹아내릴 걸 알면서도 물가로 달려가는 뜀걸음이 있단 걸 그래, 그래 다양하게 다 삶이지 머리로는 알면서도 그리 바빠 어디에 가시렵니까 묻게 된다

집마당 여문 감을 따기 위해서요 그게 떨어질까 두려워서요

그런 삶이 참으로 탱글탱글한 뜀걸음으로 풀마다 달라붙듯 녹진한 걸음으로 변하는 걸 지켜보면서 나는 여기에 있

었으므로 나는 이곳에 있었으므로 내게서 사라지는 걸 바
라보고 있었다

　바라볼수록 사라지는 걸 멈출 수 없었다 잡았다 생각한 건
사라지는 게 맞았다

행복한 나물

살기 편한 곳에서 자란 나물엔 독이 있어
자고로 살기 어려운 곳에 핀 나물이 맛있어

허나 먹을 수 있으면 일단 독은 아니다

들기름에 들들 볶아지는 동안
한입 먹어볼래? 입 벌리는 동안

삶의 노력도 인간에게 걸리면 끝장이구나
죽기 살기로 노력한 결과가 이토록 맛있다니

독기를 품어도 볶으면 끝장나고
뻣뻣한 것도 데쳐지면 부드럽구나

하얀 접시에 다소곳이 나물을 올리고
깨끗이 닦인 식탁에 하나둘 차려본다

이게 지금 나요? 그러게 이걸 따다 그만
죽을 똥 쌀 뻔했지 뭐야

나물은 소화되지 않고 나물은 소화를 돕는다
죽을 똥은 아니지만 어떤 쉬운 배변을 돕는다

들에 핀 꽃이, 맛있는 풀의 생존이 그리 번진다
악에 받쳐 핀 이것의 의도는 그렇지 못했지만

사람이 살기 위해서만 먹는 게 아닌 것처럼
먹히기 위해 사는 삶은 너무한 것 아닐까요

세상 어디 죽고 싶은 생명이 있겠습니까
죽고 싶어 죽는 게 사람뿐인 것도 아니지요

허나 죽기 힘든 곳에서 계속 사람이 죽어갔다

제철 행복

익어가기로 했다

썩은 게 아니란 걸
증명하기 위해

땅에 떨어진 건
두어 번 털어 먹는다

이런 마음가짐이
새롭게 둘러보게 한다

세상이 다
떨어진 것 천지구나

뒹굴기도 하고
붙어 있기도 하고

무뎌지는 게
물렁해지는 게

다 상처는 아닌 거지

사는 게 그런 거라서

사는 중엔 잊기로 한다

크기는 달라도
개수는 달라도

무게로 재는 것이니까

조용한 열정

살면서 쓰지 않은 물감이 있다
살다보니 많이 쓴 물감도 있다

하늘을 칠할 때 하늘색으로 칠했다

마음에 담긴 하늘의 색이 때마다 달라도
여전히 쓰지 않은 물감이 내게 있다

재능이라 믿었던 어떤 것을
취향으로 꺾은 후 깨달은 것이 있다

한때의 찬란함은 쉬이 비참함이 된다

영영 쓰지 않겠단 고집을 남긴 채

하늘을 메운 까마귀떼를 위해
한낮도 어둠으로 칠해야 할 때가 있다

평화의 오후일수록 그늘이 필요하다

쉬는 이에게 어둠은 포근한 색이고
우는 이에게 빛은 창피한 그림자니까

어떤 산책이 누군가에겐 질주이므로

잃은 방향은 방황으로 찾기로 하자

잠시 멈추거나 서성거려도
잠시 이 색깔이어도 괜찮다, 괜찮다

하늘은 하늘색으로 칠하면 되는 것

행복 1

사랑은 느낌이 아닙니다*

갈증과 배고픔은
느낌이에요

해결하면 사라지는 것
사랑은 사라지지 않아요

원하지 마세요

기도한다 생각하면
사랑하듯 기도할 수 있다

이루어지지 않게

초를 켜두니 눈을 감아도 밝다

이런 기도를 한 적 있다

너무 외로우니
세상이 사라지면 좋겠습니다

이루어지지 않고

너무 외로운 사람끼리
같이 기도하게 됐다

어둠에게 필요한 건 빛이 아니라
같은 어둠일 수 있다

커튼을 쳐야 잠에 드는 버릇처럼

* 리하르트 다비트 프레히트.

행복의 유행

옷음처럼 울음처럼 졸음처럼

숨길 수 없는 현상이야 그러니 아파하지 않아도 될지 몰라
그러니 재채기처럼 애쓰지 않아도 될지 몰라

화를 내보는 것도 좋겠어
술래가 된 듯이

바통을 넘겨받은 것뿐이야
이제 이건 너의 것이란다

나를 대신해 살아주렴 살아서 사는 걸 대신하렴

생일은 축하받는데
기일은 왜 그러지 못할까

축하받는 탄생만 있는 건 아니지
그래 축하받는 죽음도 있긴 하잖아

그 사람은 끝까지 그 사람은 끝내
그랬지 그랬다

병은 앓으면 그만이고

슬픔은 울면 그만인데

죽음은 왜 지속되기만 하는 걸까
돌아갈 집이라도 있다는 듯

과자를 울음처럼 뚝, 뚝 떨구는 중이었다

부츠 컷 바지가 다시 유행이래
그저 웃다가, 아득해지다가

아픔은 다른 아픔으로 잊히는 거래도
피할 때까지 피해보기로 했다

혹시 모르지, 한 명은 피했으니까

행복 2

어둠도 꿈을 꾸려면 눈을 감아야 했다

행복 3

미움에서 얻어도 마음에 든다

여력

그것도 하기로 해요

잃어버리면
같이 찾으러 가요

잊어버리면
같이 헤매기로 해요

어두워지면
어두워지고

어려우면 멀어지기로

부르면 잠시
잠시 머물다

돌아가기로 해요

깨어나면
깨어지고

그때 붙이기로 해요
그땐 붙어 있기로 해요

하기로 해요

그것도 이제 해야 해요

마지막 행복

좋은 경치는 숨차지 않을 때 볼 수 있었다

진짜 마지막 행복

그땐 종일 함께 놀던 친구의 이름이 중요하지 않았다
그게 무슨 상관이야 재밌으면 그만이니까

요즘도 주문한 버섯탕 속 버섯 이름이 노루궁뎅이란 게
웃겨, 웃어버린다
이젠 제법 웃으면 안 될 때와 정말 웃으면 안 될 때를 알
아, 웃음도 참는다

궁뎅이 같은 게 머릿속에 수북한 채로

참아도 병이 되진 않았다

3부

아직 선량할 기회가 오지 않았을 뿐이네

—　**서른**

—　삶을 밀려 쓴 것 같다

답지가 아닌 타인을
계속 들춰보고 싶다

맞아, 삶엔 답이 없다
알아, 그래도 있지 않을까

깨지지 않는 것만으로
더는 이해받을 수 없다

그 온도에 물이 끓는단다
그전에 멈추면 안 되는 거란다

멈춰도 오래 따뜻할 수 있다

뜨겁지 않은 체온으로
사람을 데울 수 있다는 것

서로가 서로를 안는 이유를
어렴풋이 알게 되었을 때

삶은 문제가 되지 않았다

—

원죄

지갑을 떨군 사람에게 이거 떨어뜨렸다 말하니 자기 것이 아니라 말한다 자기 것이 아니라 믿는 순간이 제 몸을 더듬어 지갑을 찾는 시간보다 짧다 그는 감사하다 말하고 사라졌다

이거 당신 거 아닌가요
누군가 쫓아온다

아닌데요 아니에요 제 것이 아니에요
수없이 말해도 내 몸을 더듬어 넣어준다

놓고 간 게 있어요
내 정신 좀 봐

다녀오겠다 나선 이가 다녀왔다 말하지 않았다

그는 문에 단 풍경이 하도 시끄러워 떼었다고 했다
그 말고는 여닫을 이 없는 말수 적은 목재 문이지만

두릅을 두고 왔다

하루 만에 먹지 못하게 될 줄은 몰랐다
일을 그렇게 오래 시킬 줄은 몰랐다

데쳐서 초장에 찍어 먹을 생각으로 일을 했는데 너무 오
래 하다보니 집에 가고 싶은 마음이 컸다

두릅을 두고 왔다
약수를 지날 때쯤 알게 되었다

두릅에 대한 걱정보다 두릅을 두고 올 수밖에 없게 한 일
들이 계속 생각났다

왜 내가 두릅을 가져올 수 없게 이런 일들이 계속 이어지
는 걸까 왜 내가 두릅을 먹을 수 없게 이런 일들이 계속 이
어지는 것일까

고양이 두 마리가
자고 있는 현관을 지나서 가방을 내려놓고
나는 울어버렸다 나는 울어버리고 나서 자고 있는 여보를
흔들어 깨웠다 미안해 여보 두릅을 두고 왔어 나보다 더 기
다린 것은 아니지

철이 있는 것은 철에 먹어야 하는데

내일 회사에 가서 가져올게

하루 만에 먹지 못하게 되진 않겠지
그리 촉촉하고 생기 있던 것이 하루 만에 마르진 않겠지

경우

경우가 없었다 자신이 경우 없는 행동을 한 것을 아직도
모르고 있지만 나는 경우 없는 행동을 잊지 않고 있다

그 사람이 내게 알려준 것으로
그 사람을 기억하기로 했다

무례함에 무례함으로 대하는 건 젊을 때나 가능한 거라고
무례함에는 무응답이나 그 말이 맞다고 말하면 괜찮다고

그 말이 맞네요

시간이 얼마 지나지 않아 내게 사과를 했다 사과를 뺀 사
과를 받았을 때 나는 요즘 건강은 어떠냐고 물었다

술은 줄었습니까
당신을 걱정합니다

지나간 일이라고 지나치지 않기 위해
그 일을 잊을 거라고 말하지 않는다

다른 사람에게도 말하지 않았다 그런 이야기가 있다 원수
에게 복수하지 않아도 어느 날 원수가 강물에 떠내려올 것
이라고

강을 지나는 전철을 타고 갈 때면
그 사람이 떠 있는지 확인하곤 한다

아름다운 윤슬 가운데
정수리가 계속 아른거리며

당기시오

밀어도 열렸다

하지 말란 건 꼭 하고 싶을 때가 있다
하지 말란 말이 끝나기 전에 해버린다

하지 말았어야 했다

사람을 여는 건
밀고 당기는 힘만으론 역부족이다

사람은 막는 것이었다

여태 나가지 않았다
그래서 잠가두었다

그때 부탁이 있다 했다
잊지 말라고 했다

강력한 태풍이 북상중

창문마다 신문지를 붙이다
네가 아닌 너의 이름을 본다

더 버티기로 한다 ―

기계가 기도하는 세계에서

떨어지는 사과를 보며 깨달은 게 있다
떨어뜨리는 힘은 멀어지게도 할 수 있다

태양계 밖으로, 인공위성이 멀어지는 중이다

이젠 낡은 전지를 아끼려
전원을 껐다 켜는 일이 잦다

자다 깨는 인공위성에게
꿈보다 긴 어둠은 체념해야 할 악몽이다

일억 킬로미터나 일억이천 킬로미터는
순간이니 괜찮다

순간순간을 다 기억하는 일은
고통이니 괜찮다

자다 깬 것처럼
우리 삶이 듬성듬성한 것도 그래서다

덜 기억하면 덜 망가진다

보다 효율적으로

잊고자 멀어지던 계절처럼

누군가 지구에서 떠난 해

어떤 댐의 터빈은 이미
누군가의 삶보다 오래 돌고 있다

터빈이 대신 생각해주면 어떨까
대신 삶을 한 바퀴 돌아주면 좋지 않을까

무엇을 지울까
무엇을 잊을까

다음에 눈뜨면
어둠의 어디를 짚어야 할까

동기

저절로 깨지는 바위는 없다
깨지고 싶은 달걀이 없듯

아이가 울면
부모도 울고 싶다

아이가 없으니 울 일이 생긴다

시끄러운 게 싫다
점잖게 말하면 좋겠다

남 좋은 일을 해줄 수 없었다

눈감아 되새겨본다
눈감은 시간도 어둠이구나

돌아갈 수 없어
돌아올 수 없다

선물이 없을 거라 말해도
멈출 일 없는 울음처럼

그저 바위처럼 산다

깨질 수 있다는 듯

스티커

가야 할 방향의 화살표를 따라간다

예전엔 버스 노선도에 화살표가 없었어
누군가 화살표 스티커를 붙이고 다녔대

그 선의를 떠올릴 때마다
몸에 무언가 달라붙는 느낌이다

온몸을 흔들어도 떨어지지 않고
몸의 어느 구석에 붙어 있는지도 모른다

누군가 말해줄 때까지
모르는 행복이란 게 있다면

누군가 알려주기 전까지
모르는 죄도 있다고 했다

짝의 등에 바보라고 써붙이는 것처럼
내 기준의 재미는 내 기준만큼의 재미다

내 머리에 껌을 붙이던 그 새끼의 재미도
그 새끼 기준만큼의 쾌락이었으니까

모르는 사이, 내 이름 뒤에 새끼가 붙는다

새로 산 옷에서 떼는 걸 잊은 가격표처럼
누군가 알려주기 전까지 당당한 자세였다

알면 부끄러워지는 일은
모르던 때로 되돌릴 수 없다

수치를 모르고 살아갈 수는 있다
그걸 견디는 게 내가 아닐 뿐

복이 참 많으세요, 누군가 다가오면
보지 않던 방향의 먼 곳을 과거처럼 보았다

방심

조심하세요

건조한 삶에 잘 물들어요

목 늘어난 상의처럼
검게 물든 바짓단처럼

생활이 남아요
산다는 게 그래요

이름 남길 사람이 많나요
이름 가진 죽음은 많아요

사람 산 곳은
머물기만 해도 따뜻해요

보일러 없이 괜찮아요

사는 것만으로
위로할 수 있을까요

삶는 것만으론
하얗게 되지 않지만요

얼룩은 없을 거예요
따로 잘 분리해둘게요

젖은 것이
젖은 것끼리

모여 우는 이유이지요

감염

살아 있는 것 말고도
아픈 게 있으면 좋겠다

그 바람에 옮은지도 몰랐다
심려로 그칠 기도처럼

잘 번지나 멀리 가진 못한다

부디 돌아오기를
서로 손잡고 빈 적 있다

그 기적이 먼저 격리되었다

정말 모두 걸렸나봐
정말 모두 아픈가봐

누군가를 아프게 할 수 있구나
누군가로 아파 울 수 있구나

그 깨달음을 이별 대신 앓았다

살아가는 이유 말고도
아픔을 옮기는 법을 안다

악수도 포옹도 모두
나를 네게 남기는 일이었다

수거

비밀인데요

친구에게 사랑한다
말하고

이를 닦다 울었습니다
이를 닦을 힘이 남은 게 부끄러워서요

아직 누굴 사랑할 용기가 남았단 거니까요

내 숨이 조금은 더럽지 않았으면
하는 다짐처럼

웃기는 일이에요
웃진 않고 있지만요

죽음 같은 걸 생각하다
내 몸을 치울 걱정을 합니다

이런 걱정을 하지 않게 할
어떤 걱정을 힘껏 떨치면서

거품을 뱉습니다

그제야 알아요
거울을 보지 않았군요

헹구지 않은 슬픔이 쌓이고
안 치운 플라스틱도 가득해요

오늘은 수요일
내일은 종이를 내놓는 날이네요

치우기 어려운 건 미루기로 해요

언제가 좋을까요
언제 다 내놓을까요

쥠쥠

아기의 코를 훔쳐먹었다

아기는 웃는다
장난인 것을 귀신같이 안다

아기가 가만히 벽을 보면
뭔가 있나 무서워진다

그건 똥을 싸는 것이다

기저귀를 갈며

기저귀가 맞나 기저기인가
하는 생각중에 다 갈게 된다

익숙함은 합이 잘 맞는다

아기가 아기만큼 싸는 건 아니다
엄마가 늘 배를 불릴 수도 없다

다 줄 수 없어 다 주고 싶었지

아기를 안고 아기를 찾고

빈 요람을 자장자장 흔들어준 적 있다

삶의 반경이 오로지 너였어도
풍선 꼭지를 잡은 듯 전전긍긍했어도

떠나가야 할 때는 다가오고

세상엔 바늘이 너무 많단다
눈뜨고 베일 코를 미리 만지면

미래는 간지러워 웃어버린다

나중에 훔친 것을 찾으러
내 것을 뜯으러 와주기를

사람 많은 곳에서 엄마, 소리치니
기억도 못할 얼굴들이 뒤돈다

다 엄마의 표정을 하고

어서 오세요

사람이 할 짓 아닌 건 다 사람이 한다

내가 없으면 돌아가지 않을 것도
내가 없이도 잘만 돌아가고 있었다

회사는 작은 사회 같아요
사회가 큰 회사는 아니지만요

엄밀히 말하면 사람이지요
사람이 만든 사람이요

하루는 선배를 따라
산에 올라가 인사를 연습했다

나무의 어느 부분을 손으로 긋고
그곳까지 허리 굽혀 인사를 했다

왜 받지도 않는 걸 계속 받으려 할까

그런 일이 있었어요
그런 짓도 했다고요

반갑지 않은데 반겨줘야 했다

하고 싶지 않으면 해야만 했다

하기 싫기에 돈을 받는 거예요

동료에게 너무 환하게 인사했고
그럴 필요가 없어 차갑게 변했다

정말 그럴 필요는 없었는데

주지 않아도 좋은 건
가지지 않아도 좋은 것

오고가는 게 없자 한결 가벼워졌다

나 없으면 돌아가지 않을 집도
다른 나를 구하기 마련

주인이 되는 꿈을 꾸고 싶을 때면
밤새 현관을 향해 인사하는 꿈을 꿨다

가져본 적 없으니 빌려올 수 없었다

버추얼 워터

사람 하나를 치우기 위해 얼마의 에너지가 드는지 아세
요?

하나요?
사람은 명으로 세는 거예요
동물은 마리
에너지는 줄
그리고
귀신은 위

옛 가톨릭에선 화장을 금지했어요 부활의 때 육신은 죽
음을 이기기 때문이에요 그날을 위해 보관하듯 매장했지요

사람이 죽음을 이길 수 없듯이
신앙도 세월을 이길 수 없어요

재에서 온 것이기에 재로써 치워버려도, 다시 온전히 부
활할 수 있어요

대관령을 가보세요
줄지어 거대한 날개가 도는 터빈들을 볼 수 있어요

부활을 기다리듯

쓸모를 과시하듯

다시 사람이 될 바람이 저기 프로펠러를 돌리고 있네요

재생 가능한 에너지
계속 만들고 있어요

지구를 지키기 위해 사람이 없어져야 한다고 해요
다시 재생하지 못할 사람 때문에 슬퍼하는 건 에너지 손
실이에요

사람에게 필요한 에너지가 얼마인지 아세요?

불로 태울 때도 물을 필요로 하지요
불을 만들기 위해 물이 필요하지요

그래요 눈물의 쓸모를 찾는 시대가 왔어요

산 사람은 살아야 하니까
산 사람이 살아갈 이유를 산 사람과 찾아야 하니까

모 심으면 먹을 날만 남았다

이젠 욕심도 경계해야 할 나이야 나이가 서른이면 뭐라도 하고 있어야지 나이가 마흔인 사람에 대해 전에 네가 했던 말 기억나? 뭘 하겠다고 떠드는 사람에게 지금은 뭘 하겠다가 아니라 뭘 하고 있습니다 말해야 한다고 최악이지 대체 그런 나이가 어디 있다고 문지방 너머는 다 죽음인데 이젠 과거의 말이 다시 돌아오는 나이잖아 욕심이 생긴다고, 다 가질 순 없다는 건 당연히 아는 나이고, 오히려 하고 싶은 마음을 마음만으로 접어두는 걸 할 줄 아는 나이가 됐다 그거 알아? 우리나라는 농사짓기 어려운 나라래 그 비옥하다는 호남평야도 다른 나라 기준으로는 척박하다는 거야 역시 쉬운 건 없구나 씨 뿌리면 알아서 자라기에 태평하다는 동남아 어느 나라도 그 속에 치열함은 다 있는 것이고 사는 게 다 치열함이란 걸 알아 함부로 욕심내지 않는 것이지 사실 하고 싶은 건 계속 생기는데, 하고 싶은 게 맞나 의심도 들지만, 그걸 어디에 심어야 할지 모르겠어 내 할일은 그것뿐이고

나머진 하느님이 하실 텐데

사람은 상상하는 걸 다 만든다 만들 수 있는 정도만 상상해 그런 것일까 그렇다면 왜

쓸데없는 상상을 한다고 벌받은 적 있다 의자를 들고 오래 서 있었다 의자는 앉으라고 있는 것인데 그것을 반대로 들고 있으니 벌이라고 할 수 있다 이런 상상을 하고 있느라 더 혼이 났다 상상을 하지 않게 되었을 때 너는 생각한 게 없냐고 했다 저는 아무 생각을 하지 않았는데요 나는 선생님이 그렇게 큰 소리를 칠 수 있는지 몰랐다 사람은 몸에 얼마나 큰 소리를 품고 있는가 내 몸으로 메아리가 들어갔다가 나온 것 같았다 그런 상상을 하느라 반성하는 얼굴을 하지 못했다 아직도 의문인 것은 뺨을 맞고 사과한 것은 나였다는 것이다 선생님 죄송해요 제가 쓸데없는 상상을 했습니다 얼마나 쓸데없으면 무슨 상상을 했는지 말씀도 드릴 수 없습니다 그래 다음부터는 그러지 말거라 상상을 오래하고 있으면 아직도 뺨이 얼얼했다 너무 깊은 고민을 하면 잘 자리잡은 사랑니가 욱신거렸다 스트레스가 심하면 자리를 잡아도 아플 수 있다고 했다 고심하면 이가 자라는 것 같았기에 거울을 보며 이를 닦을 때는 상상을 하지 않기로 했다 이를 닦고 있는지도 잊을 것 같을 때 양치질을 그만두고 나와 과일을 먹었다 이런 때 쓰기 위해 생경하다라는 단어가 있는 것은 아닐까 신맛을 느끼고 포크를 내려놓고 의자를 식탁 아래 가지런히 다시 넣었다 밖에서 앰뷸런스가 지나가는 소리가 들리고 점차 멀어지는 것을 느끼고 외투를 들고 나간다 젠장 하늘이 예쁘면 내가 죽는 상상을 할 수 없는데

온라인 열반

　부처님 말씀을 듣는다 그중에 부처님 말씀이 없어도 부처님 말씀이라 생각할 수밖에 없다 알아낼 의지가 없으니 방도도 없다 전체가 아닌 부분을 발췌했으며 한두 문장씩 읽어주는 걸 들으니 마음에 닿는다 딱 그만큼의 부처님 말씀을 듣고 있다 다 알지는 못하지만 알기 위해 수행을 하고 싶지 않다 알 듯 말 듯 사는 게 더 나은 것 같다 알 것도 같이 부처님 말씀을 듣는다 인생은 허상이고 산다는 건 폭풍이 지나가기를 기다리는 게 아니라 그 속에서 춤을 추는 것이라 한다 부처님 말씀이 맞을까 이걸 읽는 사람 중에 불심이 깊은 불자가 있다면 맞다 아니다 할 것이다 하지만 부처님 말씀이 맞든 아니든 저 말은 마음에 닿는다 부처님 말씀으로 귀의하기 전에 많은 사람이 깨닫고 있던 것이고 나도 살면서 느끼고 있던 것에 말씀이 고리에 걸리듯 걸린 것뿐이니까 알 듯 사는 건 이런 기분이구나 망망대해에 바늘 하나 던지고 사는 것처럼 무언가 잡힐 것 같단 욕심을 버리고 바늘을 던지고 살면 무언가 걸릴 날도 있는 것처럼

**완벽함은 하느님이 하시는 거니 나는 완벽함 근처도
가지 않기로 했다**

했던 말을 나는 주워 담을 수 있는데
하느님은 그러지 못해 세상이 생겨버린 것

하신 말을 거둘 수 없어
아까운 사람만 일찍 거두어 가신다

미안해, 미안해 기도하면 그렇게 들리는 이유

팽주(烹主)가 손을 포기하면 차가 훨씬 맛있습니다

　보기만 해도 뜨거운데 보이는 것만큼 뜨겁다 말하시는 게
웃겨 웃었습니다 한잔 내려주신 차를 조용히 마시고 다시는
찾지 않았습니다 아직 차의 맛을 모르고 기다림을 모르고
그 과정을 이해하지 못하겠습니다 인생이 간편할 순 없지만
그것까지 복잡한 걸 견딜 수 없었습니다

종려

하느님은 화장터의 연기를 보며 무슨 생각 하실까 살아본
적 없으시니 몸이 한줄기 연기가 되는 허망함을 모르시겠지

밥 짓는 연기를 따라
내 몸이 한줄기 연기 될 때

마중나오시면 아셨냐 물어봐야지
빈 괄호처럼 나 아팠다고

해설

슬픔을 기적으로 만드는 사람

소유정(문학평론가)

유수연은 첫 시집 『기분은 노크하지 않는다』(창비, 2023)에서 이렇게 말했다. "사람이기에 사람의 일을 하는 것을 슬픔이라고", "버리지 못할 슬픔을 사람의 꼬리라고 불렀다"(「도리어」)고. 그리고 "산다는 게 슬픔을 갱신하는 일"(「정중하게 외롭게」)과 다르지 않음을 실감하는 지금, 슬픔의 연쇄로 이어지는 꼬리는 더욱 길어진 듯하다. 첫 시집에서 사람으로서 살아가는 것이 사랑으로 말미암은 여러 슬픔을 마주하는 일이었듯이 이 년에 가까운 시간을 두고 묶인 두 번째 시집에서 시인은 그 기조를 이어나간다. 이는 시인이 애정하는 몇몇 시어들을 통해서도 확인이 가능하다. 슬픔, 사랑, 사람, 산다는 것(또는 삶)이 이 시집을 관통하는 몇 개의 키워드라고 할 수 있을 만큼 시인은 서로 유기적인 관계를 맺는 시어들에 몰두해 있다. 이 시어들의 공통점은 우리가 반복하며 겪어도 도무지 익숙해지지 않는다는 것일 테다. 가령 「우리의 허무는 능금」을 보자.

　　그때 뭐라 뭐라 말하고
　　너는 하기 힘들다 했다

　　살아가는 게?
　　사랑하는 게?

　　답은 같아도 재차 물을 수밖에 없었다

그건 알아도 도리 없는 일이다
그게 시큼한 맛이라도

바람은 계속 능금을 키운다

맛없는 걸 알아도
일단 한입 베어 물고 뱉었다

사랑도 삶도 맛만 보며 살 순 없을까
　　　　　　　　　　　—「우리의 허무는 능금」 부분

'너'가 "하기 힘들다"고 말하자 화자인 '나'는 두 가지를
묻는다. "살아가는 게?" 아니면 "사랑하는 게?" 산다는 것
과 사랑하는 것이 힘든지 아닌지에 대하여 보통은 대답이
다를 수가 없다. 하지만 "재차 물을 수밖에 없었"던 까닭은
답을 "알아도 도리 없는 일"이기 때문이다. "시큼한 맛"을
만들더라도 "계속 능금을 키"우는 "바람"처럼, "맛없는 걸
알아도" "일단 한입 베어 물고 뱉"는 사람처럼 말이다. 시의
말미에서 '나'는 "사랑도 삶도 맛만 보며 살 순 없을까" 하
고 중얼거리지만 이는 그가 정말로 원하는 바는 아닌, 작은
투정 같은 것이다. 유수연의 시적 주체가 삶과 사랑을 '맛보
기' 그 이상의 것으로 여긴다면 그 지향점은 AKMU의 노래

〈어떻게 이별까지 사랑하겠어, 널 사랑하는 거지〉의 반대편에 있는 듯하다. 이별마저 사랑한다는 뜻이다. 그렇기에 화자는 사랑과 삶 두 일이 모두 "하기 힘들다"는 것을, 필연적으로 슬픔을 동반한다는 것을 잘 알고 있지만, 살아가며 사랑할 때야말로 자신이 사람이라는 것을 실감할 수 있으므로 삶과 사랑을 지속할 수밖에 없다.

살아가며 사랑하는 일에 슬픔은 필연적이기에 그로 인한 상실과 슬픔 또한 여러 번 반복된다. 그리고 아무리 겪어도 슬픔은 익숙해지지 않는다. 시인은 여러 종류의 슬픔이 각각 고유하게 존재할 수 있도록 각별한 노력을 들인다. 거기에는 반복되는 슬픔에 무뎌지지 않기를 희망하는 마음이 있다.

골고루 심으면 타지 않는다

다양성은 사람에게만 중요한 게 아니다

수많은 것이 수많이 피고 지게
튼튼한 땅이 될 수 있게

(……)

내 마음은 재배중

같은 슬픔만 계속 키워내는 중

단숨에 타오르고 싶나
작은 군불을 기다리나

반짝이면 다 사랑인 줄 알았다
　　　　　　　—「종 다양성 슬픔 무성히」부분

　"골고루 심으면 타지 않는다"는 말처럼 단일한 종이 살아
가는 터전은 멸종에서 안전하지 못하다. 다양한 종의 생명들
이 피고 지는 과정 속에서 그들의 터전 또한 "튼튼한 땅"이
되기에 다양성은 사람만이 아닌 식물 같은 다른 생명체에도
중요한 것이다. 그렇다면 땅을 사람의 마음이라고 생각하면
어떨까? 마음 안에서 피고 지는 어떤 감정들이 있다면 이 시
의 화자는 "같은 슬픔만 계속 키워내는 중"이다. 슬픔만이
아니라 사랑 역시 마찬가지다. "반짝이면 다 사랑인 줄 알았
다"는 말로 짐작건대 그가 사랑을 느끼는 대상이나 순간도
서로 크게 다르지 않았을 테다. 같은 슬픔 혹은 같은 사랑,
다양성이 없는 감정들의 결말은 예상이 가능하다. "단숨에
타오르"거나 "물이 휩쓸고 간 강변"(같은 시)의 모습과 다
르지 않을 것이다. 튼튼하지 않은 마음은 언제든지 다시 엉
망이 될 수 있다. 때문에 슬픔이 모두 같은 슬픔으로 두루
뭉술해지지 않도록, 사랑 또한 하나의 모양일 수 없도록 각

113

각의 얼굴을 들여다보고 다른 표정을 발견할 필요가 있다. 만약 마음의 재배 단계에서 종의 다양성을 발견할 수 없다면 또다른 방법이 있다. 수확한 슬픔을 요리하는 것이다. 그러면 그것은 이전과는 다른 모양과 맛을 가진 슬픔이 된다.

슬픔이 바나나보다 빨리 익는다

두면 먹겠다 싶었는데 한 개는 끝내 검게 변했다
생긴 건 저래도 맛은 있단 걸 잘 알지만

보기 좋은 슬픔이 울기도 좋은 걸 누가 모르나

손도 대기 싫어지고
한 겹 까기 전에 으깨진다

이거 갈아 먹으면 맛있어
믹서에 집어넣고 꿀을 한 바퀴 돌린다

같은 거라도 다르게 만드는 재주가 있구나
다르게 만드는 재주로 슬픔도 요리할 수 있겠니

(……)

갈고 으깨고 때론 무언가 한 바퀴 돌려 뿌리면
못 살고 못 먹을 슬픔도 없지 않을까

상하는 게 아니라 익어가는 거라고
사람은 그런 거라고 말하는 너의 얼굴에

톡, 톡 검버섯 많아지는 걸 보며

당신이 두고 잊은 세월을 내가 반만 나눠 익고 싶었다
　　　　　　—「슬픔이 익을 동안 나눠 잊을까요」 부분

　검은 반점이 생긴 바나나가 더 달다는 걸 알면서도 노란 바나나를 집게 되는 건 그게 보기 좋기 때문이다. 시인에 의하면 슬픔 역시 마찬가지다. "보기 좋은 슬픔이 울기도 좋은" 것이라 "검게 변"한 슬픔에는 "손도 대기 싫어지고" "한 겹까기 전에 으깨진다"는 점에서 얼룩진 슬픔은 외면받는다. 그런데 누군가 "같은 거라도 다르게 만드는 재주"로 으깨진 슬픔을 보기 좋고 맛도 좋게 요리하면 슬픔은 더이상 모양새에 따른 선택을 필요로 하지 않는다. "갈고 으깨고 때론 무언가 한 바퀴 돌려 뿌리면/ 못 살고 못 먹을 슬픔도 없지 않을까"라는 말처럼 슬픔은 견딜 수 있는 것이 된다. 이처럼 슬픔 요리법을 통해 다른 맛을 지니게 된 슬픔은 그것에 요리가 필요했던 까닭마저 긍정적인 것으로 바꾼다. "상하는

게 아니라 익어가는 거라고", 삼키지 못할 슬픔은 우리에게
없다고 말하는 '너' 덕분에 가능한 일이다.

　유수연의 시에서 슬픔은 대개 이별로 인해 발생한다. 이
별은 크게 두 갈래로 나뉜다. 서로를 "방류"(「소양강 소로
우」)하는 듯한 연인과의 헤어짐, 그리고 "꿈에서밖에 볼 수
없"(「습작」)는 사랑하는 이의 죽음이다. 이별에서 비롯된
슬픔이 시집 전반의 분위기를 지배하는 한편, 2부에는 '행
복'이 포함된 제목의 시편들이 다수 수록되어 있다. 결코 행
복하다고 할 수 없는 상황에서 역설적으로 행복을 말하는
까닭은 시인이 바라는 행복이 대단히 크지 않기 때문일 테
다. 시인에게 행복이란 엄마가 "슬프지만 꿈일 수밖에 없
다"는 걸 알면서도 "뭐든 깨지 않게 조심히" 찾아와서 "나
를 안아"(「행복의 한계」)주는 것이고, "용기가 모두 실수는
아니니까" "용기 내서 말했던"(「행복의 태도」) 것이며 "힘
주어 묶으면 풀기 어렵"(「행복의 함정」)기 마련이므로 느슨
하게 묶어두어야 하는 것이다. 또한 앞서 살펴보았듯 "상하
는 게 아니라 익어가는 거"라는 태도를 확인할 수 있는 이
런 행복도 있다.

　　익어가기로 했다

　　썩은 게 아니란 걸
　　증명하기 위해

땅에 떨어진 건
두어 번 털어 먹는다

이런 마음가짐이
새롭게 둘러보게 한다

세상이 다
떨어진 것 천지구나

뒹굴기도 하고
붙어 있기도 하고

무뎌지는 게
물렁해지는 게

다 상처는 아닌 거지

사는 게 그런 거라서
사는 중엔 잊기로 한다

크기는 달라도
개수는 달라도

무게로 재는 것이니까

　　　　　　　　　　　　　　—「제철 행복」 전문

　"떨어진 것 천지"인 세상에서 자신이 집어든 것이 '썩지 않았다'는 걸 어떻게 "증명"할 수 있을까. 화자는 썩지 않았는지를 확신할 수 없지만 자신의 쓸모를 증명하듯 "땅에 떨어진" 것 하나를 골라 "두어 번 털어 먹는다". 그러한 "마음가짐"으로 "새롭게 둘러보"는 일이 가능해지는 것 역시 그가 생각하는 행복 중 하나일 것이다. 행복에는 불안이 뒤따르기에 여기에도 어떤 '한계'나 '함정'이 있다는 걸 그는 분명 안다. 그러나 살아가는 일은 슬픔을 더하는 것이라 말하는 이는 이 정도의 작은 행복도 기꺼이 행복이라고 이름 붙인다.

　그리고 또 한 가지. 일상 속에서 우리가 감각할 수 있는 가장 큰 행복 중 하나는 일상 그 자체에 있다. 일례로 상실을 경험한 이의 일상은 어떤가. 그에게 무엇보다 버거운 건 대상의 부재가 아니라 '살아야 한다'는 사실이 아닐까. 사는 일에는 생각보다 많은 시간과 노력을 들여야 한다. 잘 먹고 잘 자는 기본적인 일상의 조건들에 꽤 많은 공을 들여야만 건강한 삶으로 이어질 수 있다는 사실을 모르는 사람은 없을 것이다. 그런데 이런 일상을 유지할 수 없게 하는 상실이 찾아오면 소소한 행복은커녕 끝없는 불행을 말할 수밖에 없어진다. 그렇기에 "산 사람은 살아야 하니까"(「버추얼 워터」) "나는 나를 살아가야만 한다"(「행복의 한계」)는 말은 생의 의지를 간신히 다잡아보는 다짐인 동시에 자신의 행복을 바라는 필사적인 주문이다.

화자의 삶에 하루가 더해질수록 슬픔의 꼬리는 점점 길어진다. 그 슬픔은 산뜻하거나 가볍지 않고, 물에 젖은 솜이나 돌덩이처럼 축축하고 묵직하다. 유수연에게 슬픔을 견뎌내는 근력은 계속 더해지는 슬픔으로 가능해진다. 반복되는 슬픔은 그를 슬픔에 익숙해지게 하지는 못하지만, 슬픔의 무게를 견디고 다음날을 맞이할 힘을 마련해준다. "힘든 일은/ 후에 근육으로 남고"(「걱정」) "기억하는 일도 근육이 필요"(「행복의 태도」)하므로, 마음 근육을 잘 길러내는 것이야말로 그에게는 슬픔의 너머를 보는 일이다.

하나둘 하나둘 바벨을 들었다가 내려놓고 바벨을 들었다가 내려놓고 사랑도 들어보고 슬픔도 들어보고 사람 마음이 제일 어렵네 잠시 놓쳐도 보았다 쉬지 않고 들면 가벼운 것도 다시 들기 어렵고 충분한 휴식 후엔 더 많은 바벨을 들 수 있다 그럼 이 마음도 잠시 쉬어볼까 이 사람도 나중에 들 수 있을 거야 거울을 보며 잔뜩 찡그린 인상을 지어보고 거울을 보며 나랑 닮기도 했네 떠올리고 내려놓은 바벨을 다시 하나둘 하나둘 들어본다 보기보다 무겁지 않은 사랑도 많고 사랑보다 무거운 것도 많지만 들어보기

전까진 알 수 없는 것이다 사랑도 인지의 영역이니까 곰
도 사람의 뒤로 덩치 큰 무언가가 있을까 두려워 두 발로
선다고 아마 나의 사랑도 혼자 서 있는 넓은 종이의 공포
가 아닐까 그런 백지장을 맞들어줄 이가 없어 하나둘 하
나둘 힘을 기르고 있나
　　　　　　—「사랑은 잊히고 근육은 남는다」 부분

　마음에 드는 사람이 자신을 사랑해주지 않아서 '나'는 운
동을 한다. 저마다 무게가 다른 바벨을, 사랑과 슬픔을 들어
보며 운동에는 "충분한 휴식"이 반드시 필요하다는 사실을
깨닫는다. 그래야만 바벨도, 슬픔도, 사랑하는 사람도 들어
올리는 힘을 기를 수 있고, "들어보기 전까진 알 수 없는 것"
이 무엇인지 알 수 있다. 그렇다면 이렇게 말할 수 있지 않
을까. '나'에게 이별은 더이상 막연한 슬픔이 아니라 더 많
은 사랑을 위한 힘을 기를 수 있는 잠깐의 휴식이자 전에 없
던 이해에 닿게 하는 것이라고. 바벨을 내려놓았을 때 거울
속 자신을 마주하는 게 가능해진다는 점에서 이는 타자만이
아닌 '나'에 대한 이해로 이어지는 길이기도 하다고 말이다.
　시인의 이해는 깊어지고 넓어진다. "어둠에게 필요한 건
빛이 아니라/ 같은 어둠일 수 있다"(「행복 1」)는 대목에는 어
둠이 있는 곳에 기꺼이 어둠으로 함께하겠다는 마음이 존재
한다. 그에게 어둠이란 눈을 감는 행위로 찾을 수 있는 것이
다("어둠도 꿈을 꾸려면 눈을 감아야 했다"(「행복 2」), "눈

감은 시간도 어둠이구나"(「동기」)). 어둠에 잠긴 이의 곁에서 "같이 찾으러 가요" "같이 헤매기로 해요"(「여력」)라고 이야기하고, "같이 기도"(「행복 1」)하며 서로가 혼자가 아님을 알 때 슬픔의 무게는 반으로 줄어든다. 그 절반의 자리에 놓이는 것이 사랑이라고, 그 역시도 우리가 함께 나눠 지고 있다고 말하는 태도가 바로 시인이 지닌 선량함 아닐까.

유수연은 첫 시집에서 이렇게 말했었다. "나를 버리고 싶은 생각을 겨우 참아본다"(「믿음 조이기」). 이번 시집에서는 "나도 나를 놓치고 싶을 때가 많았어요"(「행복의 태도」)라고 고백한다. 자기 자신을 놓고 싶고 포기하고 싶은 순간은 아마 그가 여러 번의 사랑과 이별을 겪으며 슬픔을 마주하고 그것을 짊어지던 순간에 종종 찾아왔을 것이다.

그럼에도 그는 자기 자신만은 잃어버리지 않았다. 자신의 손을 잡아주던 다른 이의 손이 사라진 뒤에도 그가 여전히 사랑을, 슬픔을, 사람을, 그리고 스스로를 포기하지 않을 수 있었던 이유는 스스로 두 손을 맞잡았기 때문일 것이다. 그건 아주 고요하게 기도하는 손이다.

그의 기도를 여기에 옮겨 적는 것으로 마친다. "닫을 수밖에 없는 이야기를 적는 동안 당신은 나의 가장 아름다운 기도가 되고 문득 오늘의 슬픔이 어느 날의 기적이 될 수 있기를"(「습작」).

유수연 2017년 조선일보 신춘문예를 통해 작품활동을 시작했다. 시집 『기분은 노크하지 않는다』가 있다.

문학동네시인선 224
사랑하고 선량하게 잦아드네
ⓒ 유수연 2024

1판 1쇄 2024년 11월 18일
1판 5쇄 2025년 2월 25일

지은이 | 유수연
책임편집 | 정민교
편집 | 서유선 김내리
디자인 | 수류산방(樹流山房) 본문 디자인 | 이원경
저작권 | 박지영 형소진 오서영
마케팅 | 정민호 서지화 한민아 이민경 왕지경 정유진 정경주 김수인 김혜원 김예진
브랜딩 | 함유지 박민재 김희숙 이송이 김하연 박다솔 조다현 배진성
제작 | 강신은 김동욱 이순호
제작처 | 영신사

펴낸곳 | (주)문학동네
펴낸이 | 김소영
출판등록 | 1993년 10월 22일 제2003-000045호
주소 | 10881 경기도 파주시 회동길 210
전자우편 | editor@munhak.com
대표전화 | 031) 955-8888 팩스 | 031) 955-8855
문의전화 | 031) 955-2696(마케팅), 031) 955-8864(편집)
문학동네카페 | http://cafe.naver.com/mhdn
인스타그램 | @munhakdongne 트위터 | @munhakdongne
북클럽문학동네 | http://bookclubmunhak.com

ISBN 979-11-416-0145-4 03810

* 이 도서는 2024년 한국문화예술위원회 아르코문학창작기금(문학 창작산실) 사업에
  선정되어 발간되었습니다.
* 이 책의 판권은 지은이와 문학동네에 있습니다. 이 책 내용의 전부 또는 일부를 재사
  용하려면 반드시 양측의 서면 동의를 받아야 합니다.

잘못된 책은 구입하신 서점에서 교환해드립니다.
기타 교환 문의: 031) 955-2661, 3580

www.munhak.com

문학동네